KB126466

처음은 처음을 반복한다

권주열
2004년 『정신과 표현』을 통해 시인으로 등단했다.
시집 『바다를 팝니다』 『바다를 잠그다』 『붉은 열매의 너무 쪽』을 썼다.

파란시선 0063 처음은 처음을 반복한다

1판 1쇄 펴낸날 2020년 9월 15일
지은이 권주열
디자인 최선영
인쇄인 (주)두경 정지오
펴낸이 채상우
펴낸곳 (주)함께하는출판그룹파란
등록번호 제2015-000068호
등록일자 2015년 9월 15일
주소 (10387) 경기도 고양시 일산서구 중앙로 1455 대우시티프라자 B1 202호
전화 031-919-4288
팩스 031-919-4287
모바일팩스 0504-441-3439
이메일 bookparan2015@hanmail.net

ⓒ권주열, 2020, printed in Seoul, Korea

ISBN 979-11-87756-75-0 03810

값 10,000원

울산광역시   울산문화재단

처음은 처음을 반복한다

권주열 시집

시인의 말

아직 쓰지 않은 내 시들의 흔적을 지우는 중이다

차례

제1부

눈풍봄경

은속삭인다는듣고있다

흰색 가득 생각이 녹고 있다
눈에 넘쳐 나는
생각에 녹고 있다

먼 데서부터 오고 있는 나를

여전히 오지 않는 사람이 오래오래
끄덕이는 나를

사람없는눈사람이생각하는사람없이
도무지 나는

녹기 전에 사라지리라는 생각이
사라지기 전에 도저히

존재하, 는 나무

아닐수록 가깝습니다

이파리 수만큼 무수하게 떨어집니다
셀 수 없, 는

는을 셉니다
나무 없이 남은 것과
나무 없이 남는 것을
모두 셉니다

나무에서 나무를 제외하면
이파리에서 이파리를 제외하면
아직도
남는 게 있을까요

있음이 없음보다 가볍습니다
없는 게 있는 것의 질문입니다

나무는 한마디도 없습니다
모든 질문이 끝났을 때처럼

느을 보관 중입니다

전리(ionization)

는이 나뭇가지에 걸
려 있다

는이 나뭇가지에 걸리지 않는 날이 더 많아서
는이 나뭇가지에 걸린 날

은 는 을 한참 바라본다

는 우는 것 같다
는 웃는 것 같다

는이 없는 동안에도

바람이 부 는
바람이 불지 않는

는과 는이 다른 것일까

모처럼 는을 보았다고 소리쳤다
나는 나를 빼고 소리쳤다

눈이 어디 있느냐고
너는 눈과 함께 물었다

동물원 혹은 식물원

운다고 적습니다

너도나도
싹둑,
누구의 울음인지 모릅니다

화분에
잘린 부분을 아래쪽으로 내려 심고
물을 줍니다

무언가가 조금씩 자랍니다
기억이 전지(剪枝)된 자리에

맺힙니다
망각은

울음을 폭로하지 않습니다
물관을 타고 다만,
울음에 증식하는

아니고   적습니다

낙화의 방향

우연히 길에서 한 친구를 만났다

"이게 얼마 만인가"
"정말 반가워"

친구와 나는
우연에게 인사를 건넨다

셋 다 이곳은 처음이지 아마
(……)

너무 오랜만이라서 그런가
말이 말에 접촉되는 순간 사라지고 없다

봄 가로수 아래로
분분히 지는 꽃들

모두 우연의 바깥에 떨어지고 있다

우리는 가로수 저 너머를 흐릿하게 바라보고 있다

버스 한 대가 오고 있다

우연이 온 방향이다

녹는점

떠오르지 않는다 아무래도
죽은 지 오래된 건가 하고
다시 듣는 말 같기도 한데
떠올릴 때마다 생각난다
누굴까

길을 걸으며 누가 불러
나는 혹시 내가 있는 곳을 자세히 알려 주었다

생각할수록 나는 생각나지 않고
아무 생각나지 않는 것이
그냥일까 그래도

없다

내가 아닌 나처럼
창밖에 희끗거리는 것들

덮고 있다

다리를 저는 사람

이다, 왼쪽의 짧은 다리와 오른쪽의 긴 다리 사이
긴 것에 없는 목
발을 짚을 때마다 실수 없이 그르치는

이다, 복수를 거느린 단수
긴 붙잡고 건너뛰다 너무

이다 할 때
몸통 없이 바로 머리 아래로 축 늘어진
이다, 발기(勃起)되지 않는
신체적 마음 아무
없는 어디를
마주 보며

이다가 이다를 짚고 있다

좀 더 길게 쉬고
좀 더 넘어지기 짧게

로써

　종아리 아래로처럼 노을 속에서 꽃들이 떨어지는 쪽으
로 바람이 은근해서 다행이다 이런 날은 은 대신 늘을 사
서 천천히 씹어야겠어 를, 불러오면 산보를 할 것이고 어
디서나 흔한 늘에 앉아 책장을 넘기다가 가끔씩 을을 발
견하면 반갑게 밑줄을 긋겠지 전혀 이해되지 않는 왜도 꽃
잎을 가득 짊어지고 와서 또 흙을 파고 묻어 두겠지 묻는
것마다 대답 대신 거름을 주면 알이 굵고 처럼하게 열리
고 네 번째와 다섯 번째 나무를 지나 당신이 돌아오고 숨
을 헐떡이는 물음 은, 신을수록 왜에 반비례하듯, 처럼 중
심에는 부재하는 힘으로 가득하겠지

오리-토끼

오리는 멀다 십 리보다 멀고 백 리보다 더 멀다 오리를 생각하면 오리가 떠 있다 오리는 오릿과에 없고 내가 너의 긴 부리처럼 궁금할 때 오리가 불어나는 호수 201호에서 301호까지 혹은 그다음 호와 그다음 호까지 호수는 많아도 오리는 없고 아무도 없는 호수에 오리 알을 낳는 오리 처음부터 오리가

아닌 토끼에 대해 시를 썼지만 오리가 먼저 시를 향해 깡충깡충 뛰어가고 나는 토끼 모이를 오리에게 던진다 오리는 세모 오리는 네모 오릴수록 오리무중인 오리 오리의 절반은

토끼 오리 부리에 걸린 토끼의 귀 토끼 입에 달린 오리의 뒤통수 너는 나의 긴 귀처럼 궁금하고 토끼는 백 리를 지나 십 리 뛰고 아직도 오리가 남아 잠시 쉴 때 너는 오리가 쉰다고 했고 나는 토끼가 쉰다고 한다

2/3

지저귐으로 탈각(脫殼)되는 무수한 질문, 수많은 열매들이 부호처럼 사라지고 있다. 말의 장소에 없는 질문들, 궁금할수록 가지가 두꺼워지고 있다. 때때로 질문에 앉아 질문 대신 새들은 부리가 긴 질문에 벌레를 물고 있다. 묻는 대신 질문을 막고 질문을 먹고, 남김없이 남은 질문의 바깥을 물고 있다. 허기지지 않을수록 허기진 질문, 질문이 증식하는 방향으로 응답이 회수되고 있다. 응답 없이 응답이 끝나면 마침내 질문을 모르는 질문만 남을까. 질문의 형상처럼 우두커니 선 나무. 아직도 나무에 앉은 새의 입속에 꼼지락대는 것들, 질문은 질문된 것을 기각하고 있다.

파도에 대해 실패하기

파도를 말하며 바람을 생각, 다시
파도를 말하며 파도 생각, 다시
파도를 말하며 파와 도 사이 무한히 멀어짐, 반복
파와 도 사이의 높이에 대해, 다시
파와 도 사이의 집중에 대해, 다시

물속의 잔해들, 무력하게 말하기, 침묵이 침묵을 뱉어 냄,
반복
생각하지 말 것 생각하면서 손을 잡고 놓친 채 섬, 섬, 섬

파도 내용에 대해 결정권 없음
이빨이 자라나는 해변은 모래로 덮음, 다시

응시할 것, 눈알을 빼고 응시할 것
눈알을 말하며 파도를 떠올리지 말 것, 다시 다시
중얼거리고
중얼거림을 중얼거리지 말기 반복,

전혀, 저녁에

전혀 흰말이 달린다
눈 내려
혓바닥 긴 쪽으로

없는 말이 가까워질수록 다수의 말이
중얼거린다

틀림없는 들림 없이
바깥에 눈사람 쌓인 말과
한없이 어두워지는 혀

무관함에 시달리는
눈과 눈처럼

말에 떨어지는 말
보이지 않는 곳에서
채찍을 맞으며

먼 곳에서 온
말이 죽고 있다

전혀 아름답다
무고한.

멀리를 키우다

멀리를 키워 보고 싶다 애완견처럼
자주 쓰다듬고 싶다

흔해 빠진 멀리,
누구나 밥 먹듯 멀리 더 멀리를 연발하지만 정작 멀리를
가까이 두는 사람은 없다

멀리는 가까이의 말을 듣지 않고
가까이 어디에도 멀리는 없다

읍 장날마다 장터 한구석에 쭈그려 앉은 사람
그가 무엇을 파는지 풀어헤친 보따리를 본 적은 없다
그래도
그가 멀리서 왔다고 한다

멀리를 들고 온 사람
멀리를 파는 사람
적어도 멀리와 깊은 연관이 있는 사람이다

멀리는 얼마나 멀리일까

멀리를 사야겠다

다음 장날에는 반드시 멀리를 사야겠다

그가 더 멀리 가기 전에

편자

당근을 말하는 입속에서 당근을 먹은 말이 달린다
주황색 당근과 붉은 입술이 함께 달린다

더 빨리 가기 위해
더 멀리 가기 위해
채찍을 들 때마다 처연하게
맞고 있는 것은 말이다

아직도 당근이 더 필요하세요? 라고 당신이 물었을 때
말의 앞다리가 길게 휘어지고 있다

응답하지 않고 초과하는 말
시작한 말은 모두 지치기 시작한다
결코 시작에 포갤 수 없는,

말을 하다가 잠시 멈춘 말이 바닥을 긁을 때
어떤 침묵은 발아래서 금속성을 띤다

이다의 가능성

해변이다, 무엇이 되기 전 육신도 생략, 목소리도 죽이고 유유자적 바다 한가롭게 눈부신 파도 위로 아무것도 단정할 수 없어, 꼬리를 달지 않은 구름은 큼직하게 두상만 둥둥 떠다녀, 이다가 오면 구름이고 이다가 몰려오기 전에 아무도 구름, 섬 너무

어두워서 안 보여, 문장 한 바퀴 찬찬히 둘러봐도 없다. 저기 어렴풋한 게 서서히 지워진다. 물안개 탓만 할 수 없다. 이다가 없으면 저걸 등대라 부르고 배라고 우기는 사람도 있다, 흔한 일이다 언제나 뒤에 바짝 붙어 있다가 안개가 걷히고 나면 다 드러나, 하지만 간혹 안개가 다 사라져도 텅 빈 파도 소리만 날 때가 있다, 이다가 녹은 거다, 섬도 없이 홀로 방치된

꽃의 구조

마음의 육체

바람 없는 곳에 남겨 둔 창은 문에 없는 곳을 흔드는 마음, 들어갈 수 없이 흔들리는 것을 흔들리면서 단단한 닫힌, 부추긴다 미세하게 흔든다, 무심코 흔들리는 건 창이 아니라 창에 들러붙는 생각, 불어오는 마음을 불다가 넘어지는 상상과 붙어 버린 지점이 동시에 흩어지고, 생각나지 않는 마음 가득한 벽마다 남은 문을 드나드는 마음의 머리에 몸통을 붙이면 너무 뚱뚱하다, 무엇이든 삼킨다, 허공을 먹는다, 생각에 조망된 창을 떼어 내자 다시 사라지는 마음, 어디에도 없는 항,들의 바깥

제2부

첫 번째 수평선

수평선을 바라볼 때마다 나는 죽었다
너무 뚜렷하게 죽었으므로 기분이 좋은

단 한 줄

너무 많은 생각이 그 너머에서 지워지고
너무 많은 일들이 이편에 쌓였다
누가 죽은지도 모르고 매일 운

단 한 문장

이쪽에 없는 말
그 너머가 아닌 말

바라본 것이 죽을 때
바라보는 것이 떠 있다

밑줄 긋지 않고 떠 있다

꽃 노점상
—디에고 리베라에게

꽃을 드는 일은 힘들다
무거운 망치처럼
팔 다리 어깨로 전해 오는 무게는 언제나
꽃보다 실재(實在)를 내리친다
실재는 꽃 안에서 꽃 너머를 탐진한다

한 송이 얼굴과
한 다발 가족과
허기로 결박된 꽃의 근육

한 그루의 팽팽한 힘줄이 잇는 것은 망치와 꽃이다

꽃에 들리어진 몸은
몸을 들어 올린 꽃과 비례하지 않는다
꽃은 몸의 과잉

100㎏의 꽃은 100㎏의 무게로
핀다, 피는 일이 지는 일이다
무(無)에 감춰진 무게를 지는 일이다

억류된 꽃의 한 귀퉁이에서
누군가
아름다움에 진압되고 있다

말간

　내 저는 왼 다리, 말이다 재갈 물리듯 다리에 보조기 끈을 꽁꽁 묶는다 달리기 위해서 말을 묶는, 방법과 방법 사이에 파스 냄새가 난다 말이 아프면 침묵이 더 아파 온다 보조기 없이 말할 수 없을 때 의자에 앉아 파스를 붙인다 말안장에 대해 의자만큼 푹신한 게 또 있을까 다리가 한 말은 아무래도 서 있는 말이다 고정된 네 개의 다리를 건너면 두 개의 다리가 나오고 두 개의 다리를 건너면 하나의 말이 될까 오래전에 돌아가신 아버지가 말의 등허리를 쓰다듬던 말, 너무 멀리 가지 말거라 야윈 다리에 대해 침묵이 의자처럼 놓여 있다 갈 수 없는 곳에 대한 질문이 쏟아질 때마다 다시 앉으렴, 빈 말간에 의자는 쉬는 것에 대해 묶여 있다

증식

영화를 보다가 그가 울고 있다. 그도 울면서 힐끗 그들을 보고 있다. 그가 그들인지 그 옆의 그가 그인지 잘 가늠되지 않는다. 상영 중인 영상 어디쯤 슬픔이 스며들었을까. 급기야 그는 고개를 숙이고 흐느낀다. 오래전에 울던 울음이 여전히 남아 있듯이 들썩이는 어깨 위에서 겹겹의 울음이 번진다. 그와 울음 사이에 무언가가 순환되고 있다. 그는 끝없는 그들의 통로로 울고 있다. 울음 안의 울음보다 더 어두워지는 그들, 그는 그들의 검은 색깔로 비친다. 그는 그들의 복수(複數)성을 띤다. 그들의 울음으로 옮겨지는 그의 울음, 그에게 옮겨지는 그들, 울음을 듣기 위해서는 울음을 들어서는 안 된다. 울음은 존재하지 않는 것들로 임박해 있다. 눈이 퉁퉁 부은 채 그가 그들로 소진되고 있다.

수화를 하던 사람

그가 수의를 입고 누워 있다 가슴 위에 고요히 결박된 말, 가까스로 손이 세계 속에서 벗어난 걸까 손에 침묵이 없는 사람은 아무것도 말할 수 없다 나는 그와 악수를 한 적이 있다 말이 잘려 나간 부분을 기능하던 손, 힘줄이 툭 불거져 나오는 말, 악수에서 말의 형식이 아닌 말의 운동 이 일어나고 있었다 붙잡지 않고 붙들려 온 것을 건네주고 있었다 하나의 컵을 들어 올리듯 의미를 들어 올리던 손, 지시되기 전의 지시처럼 손에서 나온 말이 손의 일부가 된다 손은 손에 없는 말을 하지 않는다 때때로 무겁고 때 때로 가볍게 그의 수많은 손이 박수처럼 손목을 빠져나와 물질 깊이 스며들었다 몇몇이 그의 영정 앞에 고개를 숙 인 채 꽃을 들고 있다 평소 그가 말을 듣고 있는 방식이다

직접성

    어미 개는 이름을 부르지 않고 이름보다 더 가까이 새끼를 품고 있다 말 대신 붉고 긴 혓바닥이 어린 것의 몸뚱어리를 핥고 있다 그런 어미에게 이리 오너라 혹은 저리 가거라 공연히 말을 풀어 이쪽과 저쪽의 거리를 늘어뜨릴 엄두가 나지 않는다 다만 조용히 먹이를 주고 손을 주둥이에 갖다 대며 말이 닿지 않는 부분을 쓰다듬는다 쓰다듬는 내내 부르지 않고 부르고 답하지 않고 답한다 호명하기도 전에 호명 안에 깃든 신체를 향해 어미 개는 말 너머에서 숨을 헐떡이며 달려오고 어린 것은 말 밖에서 어미를 향해 꼬리를 흔든다 기분 좋다는 말보다 기분을 직접 흔들고 있다 마당 여기저기 필요 없는 말들이 개똥처럼 나뒹군다

새들이 돌아오는 시간

사이가 차이를 청취합니다
들리지 않고 듣는
새소리의 그림자를 따라갑니다

나무와 나무 사이
아침과 저녁 사이
이곳과 저곳 사이

사이와 사이를 새라고 씁니다

새는 순간을 탁란합니다
시간과 시간 사이
숭숭 뚫린 구멍을 포란합니다
부리가 조붓한 사이의 기억을 뭅니다

투명한 목소리를 내는 새와
촉촉한 목소리를 묻힌 새 사이에
아무런 기척도 없는 새를 어느새라고 씁니다

사라지면서 사라지지 않고 사라지는 모든 새를

눈 깜짝할 새라 씁니다

골키퍼의 울음

공은 추락을 들어 올린다 아니, 추락에 들어 올려진 공,
우르르 발이 몰려간다 발과 공 사이가 천 길 낭떠러지다
하나의 발이 하나의 추락에 스며든다 헛디딤 안에 눈송이
처럼 사라지는, 공은 공을 한정하지 않는다 문에 없는 공
은 문이 없는 공으로 회전한다 이곳 안에 저곳이 구르고
저곳에 없는 이곳, 없음이 부재를 들어 올린다 허공 한가
득 내려오고 있다 추락 없이 추락의 흔적만 켜켜이 쌓인
문 앞에서 추락하지 않기 위해 추락하는 것들, 골문이 없
으면 추락할 장소가 없다 골키퍼는 추락할 장소를 안내하
는 유일한 자, 당신이 공을 껴안고 애도할 때마다 둥근 빈
소가 생긴다

휠체어 위의 남자

그는 아파트를 팔아 자동차를 샀다 자동차를 팔아 새를
샀다 새를 구두 한 켤레와 바꾸었다 발의 집을 샀다 그는
무릎이 없고 종아리가 없고 발목이 없어 궁리 끝에 마당에
구두를 심었다 마당 한쪽 무화과나무 옆에 심었다 날마다
물을 주었다 구둣방 아저씨는 물을 주면 안 된다고 했다
싹은커녕 바로 썩어 내린다고 했다 물에 흠뻑 젖은 신은
냄새가 고독했다 고독은 땅속 깊이 전달되는 성질이 있다
전달이 고독을 바꾸고 있다 무화과는 무화과로 바뀌고 뿌
리는 뿌리로 바뀌고 있다 물 대신 물을 주었다 물은 뭔가
로 바뀌고 있는 게 틀림없다 구름으로 바뀌는 구름, 구두
로 바뀌는 구두, 구둣방 아저씨는 머리를 절절 흔들며 환
하게 반짝거리는 구두를 다시 보여 주었다 한 방울의 물도
튀지 않은 구두, 젖지 않은 발의 흔적에 젖은

계단

이것을 높이의 피부라 할 수 있을까

허공을 향해
한 층씩 전이되는 기하학적 표정들
차례를 기다리는 순간이 딱딱하게 굳어 있다

무슨 근심거리가 있느냐고 네가 물었고
나는 답할 수가 없다

네모난 면적을 밀어내며
아직 더 내려가야 하기 때문이다
아직 더 올라가야 하기 때문이다

여전히 감각할 수 없는 높이의 감촉,

올라가는 동안 내려가고 있다
대답이 점점 멀어지고 있다

가려울 때마다 닿지 않는

절면서 저는 발

　으로 가고 싶다 빈 마당에 놓인 발, 발이 우는 것을 처음 본다 한쪽 발에서 무릎까지 먼저 울자 무릎에서 대퇴부까지 눈시울이 붉어진다 가면 울음이 멈출까 가면서 가지 않는 발들, 울고 난 발등은 언제나 퉁퉁 부어 있다 너무 부어올라 흥건히 젖는 손수건 대신 파스를 붙인다 오래 디딘 슬픔마다 우는 방식이 달라서 목발을 짚고 여러 개의 발들이 교차할수록 너무 많은으로, 으로가 어딜까 날개를 디디고 사는 새가 허공을 걸을 때 가까스로 닿는 데가 으로일까 어디서 본 듯 되돌아보면 아직도 나뭇가지마다 주렁주렁 매달려 걷지 않을수록 걸음에 동의하는 발, 발은 마당처럼 출발과 결합하지 않고 출발한다 하지만 걸을수록 역류되는 걸음의 바깥, 으로, 발이 발등 깊이 지연되고 있다

5일의 마중

　기다린다 기차가 플랫폼에 들어오고 사람들이 하나둘
씩 다 빠져나갈 때까지 하염없이 기다린다 기다려도 도무
지 오지 않는 얼굴이 떠오르지 않는 사람과 같이 앉아 오
래전에 떠난 기차는 날마다 돌아오고, 오지 않은 그가 의
자에서 일어난다 일어난 그를 제외한 그는 내일도 모레도
같은 의자로 옮겨 가는 중이다 오는 것은 그를 두고 오지
않는 것보다 멀고, 오지 않는 것은 그를 두고 오는 것 너머
에 오고 있다 기다림에 붙들릴 때까지 오는 것은 오지 않
는 것에 붙들린 기다림으로 날마다 그를 풀어 준다 그의
뒤에는 그들로 가득하다

●5일의 마중: 장예모 감독의 영화 제목.

눈사람

눈이 오는데 담배가 생각난다
그러고 보니 구름 밖에서 담배를 파는구나

뿌옇게 흐려지는 안경 너머로
담배를 응시하는 눈과 무관한 함박눈이
사이좋게 담배 가게 앞에 들러붙는다

겨울은 담배 연기처럼 자욱하고
눈사람은 언제나 그쯤에 삐딱하게 놓인 기억의 방향,
부재가 쌓이는 방식으로 눈을 감는다

흰 눈에 내리는 검은 눈
눈에 대해 녹아내리는 사람이 눈 안에 태어난다

두 개의 검은 구멍을 지나 눈사람은 본 것에 대해 멀어
있다

회절

어를 달라고 한다. 입안에서 어, 어, 만 쏟아 내고 있다. 수화를 모르기에 손가락의 방향을 짐작하며 어를 집어 주었다. 돌아서서 또 어를 달라고 한다. 다른 어를 집어 주었다. 어는 어 속에서 굴절된다. 어 속에서 마술처럼 무수한 어를 끄집어내는 중이다. 어를 보여 주는데 어라고 손사래를 하면 어가 아닌 어를 보여 준 경우다. 어는 어를 단정 짓지 않는다. 어를 어라고 하는 순간 저만치 어를 벗어나고 있다. 어느새 어는 꽃이고 구름이고 가방이고 안경이고 음악이고 꼬리 치는 강아지가 되어 감춰진 세계의 입구에 와 있다. 어를 한 아름 팔고 가게 문을 닫으려는데 조금씩 비가 내린다. 우산을 펼치려다 물끄러미 무언가가 떨어지는 광경을 보고 있다. 처음 보는 어의 바깥이다.

제3부

새는 한다

새는 한다 부리하고 날개하고 허공하고 하는 새는 나무하고 하지 않는다. 하지 않는 것은 하는 것을 잊어버린 채 잊어버림을 계속한다. 새가 하는 것은 나무와 다르고, 나무가 하지 않는 것을 새가 하고 있다. 새가 없는 나무와 나무 없는 새는 없는 모양새가 같아도 같은 모양이 다른 방식이다. 하여 같은 나무라도 같지 않은 새가 앉을 수 있기에 나무는 뿌리에서 나뭇가지까지 한 발자국도 하지 않고, 그 사이사이 같은 나무가 같지 않은 나무에 기댄 건지 같은 나무에 같은 나무만 기댄 건지, 하여간 나무는 새가 하는 것을 가만히 하게 한다.

해변의 가능성

해변에 버려진 신발 한 짝 옆 갈매기 몇 마리 옹기종기. 해변과 신발과 갈매기가 서로 무관하게 모여들 때 모래알은 우연의 입자로 소복하다. 부리가 노랗고 눈이 검은 갈매기가 하필 지금의 기슭을 밟고 있나. 휴대할 수 없는 모랫빛 시간에 대해 신발이 갈매기의 걸음으로 교환되는 지금, 지금은 약속하지 않은 것에 가려진 뜻밖의 약속으로 소복하다. 비밀처럼 모여든 갈매기가 주사위를 던지듯 흩어지는 순간 우연히 드러나는 것들, 드러내지 않기 위해 발이 푹푹 빠지는 해변이 몸을 쑥쑥 빼고 남은 지금.

비금속성

의족을 한 채 한약건재방 앞을 지나다가 수북이 말린 지네를 본다 우와 발이 많구나 디뎌 본 경험을 약에 쓰는 건가 걸음을 지탱한 수많은 발들, 수시로 닭발을 먹고 족발을 먹고 입에 가득 넣고 말한다 전혀 다른 방향으로 가는 발과 말이 한 방향으로 전달된다

금속성의 차갑고 단단한 일부를 벗자 대퇴부 아래가 순식간에 사라진다 보이지 않는 발이 말에 달라붙는다 참 많은 발이 말 속에 맴돈다 말이 아니라면 무엇이 옮겨 가는가

지네를 샀다 설명서에 발을 다 떼 낸 몸통만 사용한다고 되어 있다 입에 스며드는 발, 몸에 없는 걸음, 부재는 볶을수록 약성이 강해진다 말에 없는 말을 디딘다

발효

거짓은 신맛이 난다

식탁 위에 식초를 보면 혀의 가장자리부터 거짓말이 돋
는다

말도 발효되는 걸까

누가 생각의 뚜껑을 열고 들어와
말을 과일처럼 매끄럽게 닦고 있다

아직도 시큼한 과일이 나무에 매달려 있다면
나무는 거짓말이다
나무에 거짓말로 앉은 새들의
거짓말이 긴 부리
말이 젖지 않아도
허공이 누룩처럼 부풀고

부푼 허공은 없음의 거짓말이다

거짓에 찍어 먹는 거짓

신맛은 거짓말을 감추지 않는다
거짓과 거짓 사이의 없는 맛을 감춘다

날개깃 하나

그 나무 아래서 희고 부드러운 날개깃 하나 주웠다 새가 온 흔적이라 생각했다 마치 누군가 문 앞에서 열쇠나 손수건을 떨어뜨린 것처럼, 그러고 보니 다음 날도 그다음 날도 새는 보이지 않는다 이따금 흔적은 새를 앞선다 새보다 먼저 와서 새를 예비한다 가볍고 흰 날개깃 빛깔을 보며 우아하고 부드러운 새를 추측한다 새는 단지 추측된다 추측되지 않는 새는 날개가 없다 한 삼 년 전쯤에 주워 온 여린 깃이 여전히 책상 위에 있다 책갈피에 고요히 끼워진 채 무슨 기호처럼 놓여 있다 책상 밖에는 어떤 기호도 없다 기호와 기호 사이에 새는 한없이 지연되고 있다

귀 달린 말라르메

　이따금 시를 해변에 내려놓고 싶다 파도 때문인가 내 말이 무슨 말인지 나도 모르겠다 시는 전복되어야 한다는데 해변 포장마차에서 전복 대신 해삼을 삼킨다 파도를 향해 뭐라고 재잘대던 앳된 아가씨가 해삼을 징그러워한다 나도 시가 징그럽다 시는 말을 통째로 삼켜 문장 전체가 울퉁불퉁할 때가 있고 문장부호를 지우듯 말라르메 집은 담장이 없다 말라르메? 그냥 귀가 두툼한 할아버지 어쩌다 마주치면 손 한 번 흔드는 그는 나의 은유적 이웃 누구에게 손 흔들고 싶을 때 떠올리는 두툼한 귀, 명료해질 때까지 시를 지워 간다면 마침내 귀만 남겠지 귀는 내가 발견한 최초의 장소 지중해 열매처럼 매달려 귀는 말에 부재한다 바다를 보지 못한 사람들이 해변을 완성한다

낙화사진관

나무 위에서 떨어진 사람, 그가 누군지 모른다 그 나무조차 알 수 없다 모르는 그와 알 수 없는 나무에 대해 그도 나처럼 그일까 그가 떨어졌다는 말을 들은 것은 그가 떨어지기 훨씬 전이다 모르는 것에 대해 떨어진 것, 떨어지기 전에 모를 것, 아찔하게 높은 나무를 쳐다볼 때마다 추락이 먼저 성립되고 알 수 없는 나무 위로 모르는 그가 숨 가쁘게 올라가고 있다 너무 늦었군요 괜히 물어본 것, 다 묻고 난 뒤에 시작되는 물음, 알 수 없는 나무가 모르고 있다 모르는 것 안에 풍부하게 알 수 없는 것, 낙엽이 높이의 질문을 만든다 서로 그 속에 떨어지고 있다 떨어지기 전에

목련나무 아래서

피는 것은 지는 것의 흔적입니다
작년을 불쑥 밀어 올린 목련은
목련을 반복합니다
나무 아래서 깜박 졸았던가
집집마다 작은 등불이 꺼지고
어둠살이 내립니다
피고 지는 것이 고요하게
제 흔적을 따라나서는 일 같습니다
여러 번 왔지만
이제야 처음 온 생각이 듭니다
어디에도 없는 마지막처럼
처음은 처음을 반복합니다

광어

알타이어 계통의 모국어와 달리 광어는 넙칫과의 형
태론적 교착성이 있고 말의 범위가 넓은 사막 지역 전체
를 포괄하고 있다. 쏟아 낸 말에 비해 말의 증발량이 훨씬
많은 사막은 거의 말의 흔적이다. 누렇게 들뜬 모래의 바
깥에 회오리치는 바람을 젖히면 눈 코 입이 한쪽으로 쏠
린 사구(沙丘)와 사라진 몸의 반대편 맨바닥 그대로 침묵
의 외양인 양 노출된다. 침묵은 말에 거주하지 않는다. 흔
적에 거주한다.

우리가 먼바다에 나가 그물 가득 퍼덕이는 말을 건져
올렸을 때도 주위는 오히려 고요했다. 이미 사막을 한참
지나온 후였다.

동면

마당 귀퉁이에 동면하는 공을 봅니다
잠을 빠져나간 공은 없겠지요
부푼 잠에 대해서 늘
공은 어슬렁거립니다
공이 하늘 높이 둥글게 올라갈 때
별안간 잠이 솟구친다는 생각이 듭니다
무거운 것이 아래로 툭 떨어집니다
곰이 털썩 주저앉습니다
공이 없다면 곰은 그렇게 높이 자 본 적이 없겠지요
언젠가 그,
곰 발바닥을 본 적 있습니다
두툼하게 디디고 잠은 어디든 갈 태세입니다
그렇게 거죽에 둘러싸여
공은 자면서도 굴러갑니다
공과 공 사이가 다 잠입니다
그 사이 사이 누군가는
나무 위로 재빨리 올라가는 꿈을 꿉니다

두 번째 수평선

　해변이 아닐 때 무엇으로 가득하다 그는 말하지 않는 방식으로 해변을 밀어 올린다 수화 동작을 번번이 놓치는 나를 향해 그는 손을 던져 버리고 무엇을 꺼낸다 버, 버, 버, 파열음이 비명처럼 쏟아진다 버 버 버 안에 버 버 버가 아닌 것들로 가득하고 가득한 것은 가득하지 않은 것들로 회전하고 있다 그의 회전이 멈출 때쯤 나는 해변에 쪼그려 앉고, 그는 해변 너머를 보고 있다 입을 꼭 다문, 발화를 거부하는 그 위로 낮게 깔린 구름, 분별되지 않고 범람하는 것들, 그것이 다시 그것일 때 버 버 버는 환원될 수 없는 말의 신체다 구름의 기분이다 떠 있는 혀다 미처 비가 되기 전의 한없는 중얼거림을 공명하는, 그래 수평선

청취

　라디오를 켠다 들리는 말과 듣고 있는 말을 함께 듣고 있다 질문자의 말은 매우 빠르고 경쾌하다 눈에서 말이 쏟아진다 멀리보다 훨씬 날아가는 말 응답자의 목소리는 뭉텅한 코를 달고 말을 하기보다는 말의 냄새를 맡고 있을 것 라디오 속에 두 명의 목소리가 들리고 세 명이 말하고 있다 그중 한 사람은 말하지 않고 말하고 있다 누가 듣고 있나 들음으로써 들리지 않고 여전히 듣고 있다 하고 있는 말이 하지 않는 말에 끝내 당도할 수 없듯이 듣고 있는 말은 들려오는 말로 회귀하지 않는다 구름처럼 생각이 몰려오기 전의 말과 말을 듣기 전의 생각과 생각나는 빗소리를 혼자

광복동 신발 매장

신(神)은 몇 개의 발을 가질까

광복동 신발 매장 안에 신들이 즐비하게 비치되어 있다
누구는 운동화를 고르고 누구는 가죽 구두를 신어 보는
중이다
점원들은 신 옆을 지키며 눈에 띄지 않게
모든 발을 감시하고 있다

이곳은 언제나 신이 발보다 많다
발은 오랫동안 신의 작품이다
발이 고요히 신 속에 머물 때
더 안정돼 보인다

운동화 하나를 사려고 들렀다가
구두를 샀다
다시 바꿀까 망설이다가 그냥 나온다

발이 없는 사람은 신과 멀어질까

신이 필요 없는 동물들은 여전히

맨발이고

순식간에 신을 지나친다

맨발에 대해 신에게 물어본 적이 없다

토씨 이발소

처럼,

을 볼 때마다 가짜 약장수를 만난 기분이다

허세가 심하다 늘 무엇인가 있을 것처럼 행세한다 하

지만 날탕이다

쪽,

은 편파적이고 신경질적이다

뿐,

은 집착이 강하고 무엇이든 순간 단단히 문다

이빨 자국이 선명하다

가,

는 생각보다 오래되고 숙달된 경력자들이 많다

도,

는 야바위꾼같이 잘 부추긴다

부터,

는 의심이 많다 줄곧 미행 중인 것을 눈치챈 것 같다

와,
는 입술이 달려 있다
눈두덩이 좀 부은 채로

에,
를 따라가면 대부분
원하는 장소에 도착한다

의,
는 많이 다친 것 같다
아직도 목발을 사용 중이다

을를,
은 짐칸이 따로 있고
지금도 한 트럭 가득 실려 있다

은는,
은 질소와 산소 다음으로 많다
문장 속에 잘 녹는다

제4부

연쇄

가스레인지에 불을 켜고 물이 담긴 냄비에 다시마와 멸치를 적당히 넣고 우려낸 국물에 국수를 삶는다 흰 선분들이 냄비 속에서 곡면으로 휘어진다 오이채를 썰고 계란을 올리고 그래도 김치는 있어야겠지, 너는 맛이 어때라고 물었고 나는 젓가락에 걸린 면을 입속에 넣다가 말고 별안간 공을 떠올린다 무한히 휘어지는 곡면의 합, 공이 아닌 空이 더 정확할까 공과 空은 어떤 조짐도 보이지 않는다 공과 空 사이에서 몇 그릇의 국수를 더 끓여 먹고 마트도 가고 탁구를 치고 집에 돌아왔을 때 직사각형 식탁 위에 조용히 내려앉는 어둠,

보이지 않는 생각의 면을 어둠이라고 적는다 한없이 모서리를 말아 올린 곡면의 뭉치들

봉인된 수평선

한 층씩 내려갈수록
접힘이 달라지는 간격이
동일하고

3층에서 본 수평선은
2층에서 본 수평선에 접히고
1층에서 본 수평선은
2층에서 본 수평선과 달라

수평선에 떠 있는 배를 안 보일 때까지
보다가
안 보이는 것은 배가 아니라
각각의 다른 시간이구나
하는 생각은
다름에 접힌 동일한 주름이라는 생각,

접은 금을 가만히 따라가면
여전히 내 망막 안에 곡률의 부호처럼
떠 있는 배

눈을 감듯
보는 것이 본 것 안에 포개진다

왜

그는 왜 화가 났다

나는 아직 왜를 모른다

몰라도 묻지 않는다 물음은
언제나
가방을 들고 있다

왜는 다 가방 속이다

가끔씩 그가 웃어 젖힐 때도
가방을 열지 않는다

목이 툭 튀어나올 것 같다 그 속에
목이 달린 얼굴이 나올 것 같다

뒤돌아봐도 다시 앞이다
처음의 질문이
처음 본 가방이다

가방을 들고 오래 해변에 앉아
자크 같은 수평선을 바라본다

제일 먼저 한 질문이
붉게 떠오른다

지흔(枝痕)

　지나가는 말처럼 시는 잘돼 가? 너는 물었고 여전히 캄
캄해라고 말하는 내 눈에 무심코 건너편 맹인복지관 간판
이 들어온다. 기왕 들렀는데 함께 저녁이라도 하자며 의
자를 밀어 넣고 기지개를 켜는데 맹인복지관 3층에 불이
켜진다.

　불?

　나는 불을 처음 발견한 사람처럼 서 있다. 시는 여전히
안 보이는 그 너머에 걸려 있고 환하게 비추는 것은 전구
알이 아닌 어둠이다.

　건너편 사람 몇, 더듬더듬 계단을 내려가는 중인지 층
계참마다 잠시 불이 들어온다. 한 번도 본 적 없는 불이 내
머리 위로 아주 잠시 켜졌다 꺼진다.

저는 발

　침묵이 흐른다 끊임없이 말을 하면서 한마디도 말해지
지 않고 있다 왼발이 없는 목소리, 말의 바깥에 왼발을 디
딘 채 저는 발, 오른발은 정확한 말을 한다 말소리가 또렷
하고 카랑하다 카랑한 말이 지나고 다음 차례 왼발을 들
자 보폭이 어눌하다 무슨 말인지 간격이 사라지고 없다
헐렁한 발을 들고 그다음 말이 떠오르지 않아 말을 어디
에 놓을지, 포기하지 않고 포기하는 걸음, 걸음이 많을수
록 입안 가득 웅얼거리는 발 발바닥이 귀처럼 예민해진다
오른쪽 반대의 오른쪽으로 오른발에 종속된 왼발, 질문
이 가득한데 어떤 질문도 불필요한 발 말을 박탈당한 말
처럼 오른발에 붙들려 균형을 잃고 휘청인다, 발과 발 사
이가 까마득하다

점유

누구와 있어도 분명하다. 책상 위에 얹힌 컵과 볼펜이 서로 아는 체하지 않을 때 더욱 단정하다. 고집스레 제자리를 벗어나지 않는 것들, 좀처럼 들여다보지 않는 장롱 밑은 무진장 그대로다. 흐트러짐 없는 사물에 대해 조금도 제 살을 섞지 않은 그대로, 그대로의 윤리. 누군가 갑자기 컵을 가볍게 들 때 멈출 수 없는 흥분은 그대로 전달되고 저항할 수 없는 변위가 결정되고 만다. 기울기의 크기가 달라지고 체념은 확장된다. 하지만 어떤 결정도 스스로 획득하지 못한다. 단지 기다림 없이 유지되는 기다림들. 컵을 다시 제자리에 갖다 놓자 컵의 손잡이로부터 둥근 내부를 타고 조용히 내려앉는 기다림이 그대로 부착된다. 때때로 사물이 그대로 옮겨지지 않을 때 비윤리적.

직교

오지 않는 길과 기다리는 방향 사이에
각도를 생각한다

이웃하는 두 변의 길이가 같은 생각
두 대각선이 서로 직교하는 마음, 하지만
너는 여전히 오지 않고
그림자가 긴 한 변의 길이만 강변을 늘어뜨린다

날이 저물고
기다림이 어두워진 길은
사막보다 쓸쓸한 사각(死角), 사각 없는 너를
생각할 수 없고
생각할 수 없는 네가 사각일 때
기다림 속에 고여 있는 각도를 들어낼 순 없을까

들어낼수록 드러나는 마음은
기다리면서 기다리는 일처럼
올 수 없는 길과 오지 못한 마음에 녹고 있다

분꽃

분꽃 씨를 받아 흰 고무신에 소복이 담았다 성냥 알맹이
처럼 조그맣고 새카만 씨앗들이 오밀조밀 접혀 있다 꽃도
우산처럼 접혔다 펼쳐졌다 하는 걸까 여름 마당에 저녁마
다 화사하게 피어올라 향기를 뿜어내던 분꽃, 씨앗 어디에
도 얼굴이 떠오르지 않네 따뜻한 햇볕과 바람이 조용히 전
개되던 날 어머니는 흰 고무신만 남겨 두었네 죽음도 접힌
다고 말해도 될까 순간을 무수히 분할하는 순간의 접선을
따라가면 접힘과 펼쳐짐은 한 방향이다 접선의 고요한 내
부가 펼쳐짐의 환한 바깥이 되고 바깥을 차곡차곡 접은 시
간의 주름, 어머니가 우산을 펼치며 오고 있다

등등

기타만 보면 그런 생각이 난다 케이스에 담겨 먼지가 뽀얗게 내려앉은 채 방 한구석에 우두커니 놓인 기타

그는 고개를 숙인 채 내 앞을 걸어가고 있다 그의 앞에 또 다른 누군가가 그 앞을 지나가고 있다 등과 등 아무도 기타를 매지 않았는데도 등등 기타 소리가 난다 내 뒤를 따라오는 사람도 내 등을 한참 보며 따라올 것이다 내 뒤는 누굴까 하긴 얼굴을 알 필요가 있을까 대면은 깊이를 사라지게 한다 나뭇가지마다 고개를 푹 숙이고 떨어지는 꽃, 꽃길을 따라 걸어가고 있다 걷는 것만이 걸어가는 일, 벚꽃과 목련 등등 꽃이 지고 있다 어쩌면 이 줄의 맨 끝에 따라오는 사람은 기타를 등에 매고 올 것 같다 그의 등에 팽팽하게 예비된 표식이 아직 끝나지 않았음을 알리기 위해

등들이 한없이 밀려오고 있다

를

　어디서 떨어져 나온 것일까 부속품 하나를 주웠다 아주
정밀한 손목시계는 천 개 가까운 부속품으로 이루어졌다
는 말을 들은 적 있다 이것도 동력 속에 어떤 기능이었을
텐데 슬쩍 부속품을 건드려 본다 좀처럼 손에 잡히지 않
는다 돋보기를 들었다 두께가 거의 없다 무게도 없을 것
같다 반들반들 닳아 있다 이것을 잃어버린 후에도 본체는
아무렇지도 않게 잘 돌아갈까 아니면 벌써 다른 것으로 교
체되었을까 핀셋으로 문장을 꼭 누르면서 그가 사랑한 사
람이라는 구절에 '가'를 빼고 '를'을 붙여 본다 순간 오전
3시가 오후 3시로 바뀐다 '가'를 제자리에 붙인다 서랍을
열 때마다 주운 부품 하나를 가만 궁리한다

개를 쓰다듬는 사람

그는 아침마다 호수 주변을 산책한다 개 끈을 잡고 천천히 걷고 있다 끈이 너무 긴 것일까 가끔씩 운동복을 입고 지나치는 사람들이 황당히 뒤돌아보거나 끈 부근에서 화들짝 놀란다

호수가 보이는 벤치에 그가 무료하게 기댈 때 끈은 바닥에 축 늘어뜨려져 있다

호수의 둘레는 일정하고 끈의 길이는 단순하다

아주 가끔 그가 개를 쓰다듬기 위해 빈 끈의 가장자리 쪽에 무릎을 쪼그리는 게 보인다

누구나 지금의 개를 쓰다듬을 필요는 없다 그때의 개가 끈의 바깥에 바싹 엎드린다

기억과 망각의 거리처럼 길이의 안쪽에 놓인 바깥, 바깥이 더 이상 안에 없을 때

그는 공백의 목덜미를 쓰다듬고 있다

수평선 0.01

바다를 보면 커다란 눈이라는 생각이 든다 오늘 바다를 보며 한 생각 중에 제일 괜찮은 생각 같아 기분이 좋다

내 눈으로 보고 있는 눈은 내가 보는 것을 보여 주는 눈

눈은 뜰 때와 감을 때 어떤 연관도 없는 해변에서 이루어진다는 생각은

그다음이 궁금하고

다음과 그다음은 수평선 이쪽과 저쪽 같아

언젠가 앞 못 보는 친구와 나란히 앉아 보던 바다,

그때 무엇을 더 본 것일까

가물가물 배들이 떠 있었고 그게 다 사라져 버리고 난 뒤에야

비로소 환하게 드러나던 눈

보는 것이 보이는 것 안에 침몰하고 있다

침전

그는 커피숍에 다녀왔다고 나에게 말했다

나는 아직 커피를 마시고 있다고 그에게 말했다

그는 아직 내가 아니고 나는 여전히 그다

그와 나는 커피를 들고 있다

그는 모자를 쓰고 나는 가방을 들었던가

그는 우연히 나를 향해 손을 흔들었다고 말했다

커피숍 창밖에서 손을 흔들던 사람을 나는 보고 있다

내 가방 안에 어둡고 쓸쓸한 그로 가득하지만

그의 모자를 한 번도 써 본 적이 없는 나는 모자를 들고 긴

계단을 올라가 현관문을 열고 애완견 해피도 안녕? 부
엌 창가에서 여전히 커피를 마신다

오는 것과 온 것이 함께 침전된다

손잡이 같은 생각을 들어 올린다, 그때마다 무엇이 들려 있는가

모자와 가방 대신 곳곳에 나를 두고 왔다, 그가 온 것은 그뿐이다

나를 보았다는 그뿐이다

구름피로

작은 바늘이 2, 긴 바늘이 12가 될 때
어? 멈췄다

무엇이 멈췄는지 확실치 않다

순간은 매 순간을 마찰하는
베어링들로 빽빽하다

두 시를 물끄러미 바라본다
두 시 안에 두 시가 박리되고 있다

안 가는 시간을 들고 나는 달려가고 있다
시계 수리점에 시계를 놓자
점원은 나에게 2시에 다시 오라고 한다

두 시가 아니라 2시라고 한다

2시 너머에 두 시가 구름처럼 떠 있다
나는 아무래도 2시에 못 올 것 같다

약속은 무한히 분할된다

모두
2시 밖에 놓여 있다

모든 것들은 각자의 방식으로 말을 한다

고봉준(문학평론가)

1.

권주열의 시를 읽으면 '차이'와 '반복'이라는 단어가 떠오른다. 그의 시 세계는 진화하고 있다. 대상에 밀착된 관찰과 사유에서 주관과 객관의 팽팽한 긴장감이 느껴지는 비(非)인칭적인 발화로, 개성적인 비유와 시각적 이미지가 중심인 경향에서 '언어' 자체에 대한 근본적 물음으로, 그리하여 언어의 '한계'와 그 '너머'를 사유하는 바깥의 언어로, 권주열의 시는 진화를 거듭하고 있는 듯하다. 세 번째 시집 『붉은 열매의 너무 쪽』(2017)이 그러한 진화의 흔적을 절반쯤 담고 있는 이행(transition)의 텍스트라면, 이번 시집은 '언어/말'에 대한 사유를 전면에 등장시킴으로써 이전의 경향들과 분명히 달라진 '이행 이후'의 세계를 제시하고 있다. 요컨대 그의 시편들은 이 '언어/말'에 대한 사유의 이전과 이후로 양분할 수 있으니, 이 시집에서 '언어/말'은 개성

적인 비유나 시각적 이미지의 변주에서 사용되던 그 '언어'
와는 다른 것이다. 어떤 이들은 이러한 '언어/말'에 대한 감
각을 '기교'나 '실험'이라고 명명할지도 모르겠다. 하지만 이
시집은 언어적인 층위에서의 아름다움을 추구하지 않는다
는 점에서 '기교'가 아니며, 더욱이 하나의 시 세계를 구성
하는 원리라는 점에서 '실험'이라고 부를 수도 없다. 권주열
의 시에서 목격되는 '언어/말'에 대한 감각은 언어를 도구/
수단으로 사용하는 존재의 감각이 아니라 언어 속으로, 언
어의 풍경 안에서 그것과 더불어 느끼고 사유하는 존재의
감각에 가깝다는 점에서 '언어'에 대한 일반적인 이해를 넘
어선다.

　　은속삭인다는듣고있다

　　흰색 가득 생각이 녹고 있다
　　눈에 넘쳐 나는
　　생각에 녹고 있다

　　먼 데서부터 오고 있는 나를

　　여전히 오지 않는 사람이 오래오래
　　끄덕이는 나를

　　사람없는눈사람이생각하는사람없이

도무지 나는

　녹기 전에 사라지리라는 생각이
　사라지기 전에 도저히

　　　　　　　　　　　　—「눈풍봄경」전문

　시집을 열면 "눈풍봄경"이라는 제목의 작품이 등장한
다. "눈풍봄경"이라는 이상한 제목도 문제적이지만 "은속
삭인다는듣고있다"라는 첫 진술은 독자의 접근을 의도적으
로 방해한다는 점에서 더 문제적이다. 이 시에는 언어에 대
한 상식적 이해, 그러니까 '언어'가 정보 전달의 수단/도구
라는 관점에서 이해할 수 있는 진술이 없다. "은속삭인다는
듣고있다"라는 첫 행의 진술은 우리에게 그런 '정보' 따위는
기대하지 말라는 경고처럼 느껴진다. 또한 이 진술은 인쇄
가 잘못된 파본이거나 독자의 읽기를 고의로 지연/방해하
기 위해 제시된 문장, 호의적인 태도로 받아들여도 특정한
부분이 생략되거나 지워진 암호문처럼 보인다. 무엇이 생
략되거나 삭제된 것일까? 이 질문에 답하기 위해 먼저 저
문장을 익숙한 형태로 재배열해 보면 '은 속삭인다'와 '는
듣고 있다'로 분절할 수 있을 듯하다. 이렇게 분절하면 '주
어'가 생략되었다는 사실이 확인된다. 이 진술에는 '주어'가
없거나, '주어의 자리'가 없다. 주어가 없다는 것은 이 시가
주어/주체의 발화가 아니라는 의미이다. 그렇다면 이 시에
서 발화 주체처럼 보이는 '나'의 정체는 무엇일까? 이 물음

에 답하기 위해 '나'가 등장하는 맥락들을 살펴보자. 먼저 2연에 등장하는 "나는"은 "넘쳐"에 접속되어 있으므로 주어/주체라고 말하기 어렵다. 다음으로 3연과 4연의 "나를"은 목적격 조사가 붙어 있으니 주어/주체보다는 대상에 가깝고, 5연의 "나는"은 형태적으로는 주어/주체라고 말할 수는 있겠으나 그것이 시인-화자와 눈사람 가운데 누구를 가리키는지는 불확정적이다.

독자의 접근 자체를 불가능하게 만드는 이 요령부득의 텍스트를 어떻게 이해해야 할까? 여기에서 한 가지 엉뚱한 제안을 하고 싶다. 먼저 시인의 세 번째 시집을 찾아서 거기 수록된 「봄눈 풍경」과 이 시를 나란하게 펼쳐 놓고 두 텍스트의 차이를 확인해 보라. 시인에게는 결례가 될 수 있겠으나 나는 「눈풍봄경」을 「봄눈 풍경」에 대한 메타텍스트로 이해한다. 「봄눈 풍경」에서 시인은 '봄눈'이 내리는 풍경을 바라보는 화자의 진술("늦게 오는 눈을 본다")에서 시작하여 눈이 녹아 사라지는 모습에서 반복되는 '죽음'의 이미지를 읽어 내고 있다. 그리하여 이 시의 전반부에서는 '본다'라는 시어가, 후반부에서는 "사라지고 있다"라는 구절이 핵심이며, 그 시각과 사건의 유일무이한 목격자는 바로 화자이다. 반면 「눈풍봄경」에서 사건이나 진술은 주어/주체의 것이 아니다. "먼 데서부터 오고 있는 나를"이라는 진술처럼 여기에서 '나'는 먼 곳에서 도래하는, 형성 중인 불명확한 존재일 뿐이다. 우리는 "녹기 전에 사라지리라는 생각이/사라지기 전에 도저히"라는 진술이 누구의 것인지 단정할 수 없다. 그렇다면 「눈풍봄경」이 「봄눈 풍경」의 메타텍스트라는 주장은 무슨 의미가 있을까? 사실 이 시에는 독자가 얻을 수 있는 정보, 들을 수 있는 화자의 목소리가 존재하지 않는다. 굳이 말하자면 「눈풍봄경」에서 모든 진술은 주어/주체의 것이 아니라 타자의 목소리, 그러니까 '나'의 내면에서 나온 말이 아니라 글쓰기의 행위 주체가 무심코 받아 적은 '바깥'의 말이라고 말할 수 있다. 가령 잠을 자기 위해 불을 끄고 누웠을 때 꼬리를 물고 떠오르는 생각들처럼 그것은 '나'의 의지의 산물이 아니라 '나'가 통제할 수 없는 미지의 곳에서 오는 언어이다. 따라서 이러한 '바깥'의 언어는 '나'의 이해의 지평으로는 해석할 수 없으니 그것은 오직 받아 적을 수만 있는 말이다. 여기에서 중요한 것은 시인이 시집의 첫 페이지에 이 시를 의도적으로 배치했다는 사실이다. 시집에서 첫 페이지는 하나의 세계로 들어가는 '입구'의 의미를 갖는다. 그 상징적인 자리에 이 시를 배치했다는 것, 그것은 이 시집이 이전 시집들과는 다른 방식으로 제작되었다는 일종의 '선언'일 것이다. 실제로 이 시집을 효과적으로 읽는 최상의 방법은 동일한(또는 유사한) 제재를 시적 대상으로 삼고 있는 시편들을 선택하여 그것들을 대하는 방식이 이전의 시집과 어떻게 다른가를 확인하는 것이다. 여기에서 일일이 설명할 수는 없지만 지난 시집에 수록된 「소소한 수평선」과 이번 시집에 수록된 「첫 번째 수평선」 「두 번째 수평선」 「봉인된 수평선」 「수평선 0.01」 등을, 지난 시집에 수록된 「가자미」와 이번 시집에 수록된 「광어」의 차이를 확인해 보기를 권한다. 권주열의 시집들은 새로운 시적 대상의 리스트를 추가하기보다 동일한(또는 유사한) 시적 대상을 변주/반복하는 것을 선호한다. 반복, 그의 시에서 이러한 반복은 무언가 새로운 것이 산출되기 위한 조건인데, 다만 그 반복은 매번 대상에 대한 새로운 관점과 감각을 앞세운 변주에 가까우므로 그 차이가 곧 시 세계의 변화를 보여 주는 바로미터라고 말할 수 있다.

2.

주어/주체가 생략된 자리에 '언어/말'이 있다. 권주열의 시는 주어/주체의 발화가 아니라 누군가가 발화한 '언어/말'에 대한 사유처럼 읽힌다. 이번 시집에서 시인은 사물이나 풍경을 재현하는 대신 '언어/말'에 대한 사유를 통해 세계 인식의 지평을 넓히고 있다. 사람들은 흔히 시를 언어 예술이라고 이야기한다. 하지만 이때의 '언어'는 회화에서의 색, 음악에서의 음처럼 소박한 의미에서의 재료가 아니다. 또한 이때의 '언어'는 모국어의 아름다움이나 온갖 수사로 장식된 미문(美文)을 의미하지 않고, 정보 전달의 수단인 산문적 언어와도 동일하지 않다. 시의 언어는 위반의 언어이다. 그것은 규범적으로 존재하는 언어-질서에 맞서는 반(反)언어이다. 폴 발레리는 시의 언어를 '산문=보행'과 구분하여 '무용의 언어'라고 명명했다. '반(反)언어'로서의 시는 '언어'를 사물을 지시하고 의미를 전달하는 수단으로 간주하는 대신 '언어' 안으로 들어가려고 하며, '언어' 안에 머물

기 위해 기존의 언어 규범을 파괴하기도 한다. 언어에 대한 시인의 이런 감각은 곧 현실에 대한 시인의 태도이기도 하다. 시인은 위반의 언어를 통해 우리의 인식과 감각을 특정한 방식으로 규정하고 있는 일체의 질서에 맞선다.

멀리를 키워 보고 싶다 애완견처럼
자주 쓰다듬고 싶다

흔해 빠진 멀리,
누구나 밥 먹듯 멀리 더 멀리를 연발하지만 정작 멀리를
가까이 두는 사람은 없다

멀리는 가까이의 말을 듣지 않고
가까이 어디에도 멀리는 없다

읍 장날마다 장터 한구석에 쭈그려 앉은 사람
그가 무엇을 파는지 풀어헤친 보따리를 본 적은 없다
그래도
그가 멀리서 왔다고 한다

멀리를 들고 온 사람
멀리를 파는 사람
적어도 멀리와 깊은 연관이 있는 사람이다

멀리는 얼마나 멀리일까

멀리를 사야겠다

다음 장날에는 반드시 멀리를 사야겠다

그가 더 멀리 가기 전에

—「멀리를 키우다」 전문

권주열의 시에서 '언어/말'의 존재론적 위상은 특별하다.
'언어/말'에 대한 사유는 시인이 출간한 네 권의 시집 모두
에서 목격되는 상수(常數)라고 말할 수 있다. 세 번째 시집
에 등장하는 "말은 어디에서 죽나/말에 젖은 말"(「파도 옵스
큐라」), "말 대신 수화를 하는 사람을 본다/말이 몸 바깥에
있구나 하는 순간"(「손의 외출」), "말이 없어서 말이 사라지는
것이 아니다"(「사바나 사바나」) 같은 진술에서 드러나듯이, 시
인은 오랫동안 '언어/말'을 중심으로 세계를 인식해 왔다.
동음이의어를 활용하여 기호들을 불확정적인 상태로 만들
거나 동일한 시어를 겹쳐서 사용함으로써 '기호'와 '의미' 사
이에 긴장을 발생시키는 것은 이런 관점에서 이해할 수 있
다. 세 번째 시집에서는 한 걸음 더 나아가 'NACL', '√섬' 같
은 낯선 기호를 등장시키기도 했는데, 그것은 사물/대상
을 표현하는 기호의 종류에 따라 대상에 대한 인식이 달라
지는 경험을, 사물/대상에 부여된 명칭이 일정한 억압으로

작동한다는 점을 보여 주는 사례들이다. 가령 'H$_2$O'가 '물'이 아닌 것처럼 'NACL'은 '소금'이 아니다. 이반 일리치(Ivan Illich)는 "H$_2$O는 현대사회의 발명품이자 기술적 관리가 필요한 희소 자원이다. 그것은 꿈꾸는 물의 능력을 잃어버린 한낱 액체"에 불과하다고 썼다. 이 주장에 따르면 'H$_2$O'는 '물'이 아니다. 아니, '물'이 아닐 뿐만 아니라 "H$_2$O와 물은 서로 적대적인 것"이다. 이와 유사한 맥락에서, 하지만 철저하게 '언어/말'의 관점에서 시인은 '소금'이 있어야 할 곳에 'NACL'이라는 기호를 배치했다. 이는 'NACL'이 '소금'이 아니라는 뜻이다. 하지만 이번 시집에서 '언어/말'에 대한 인식은 여기에서 더 진화한다. 가령 「토씨 이발소」에서 시인은 '처럼', '쪽', '뿐', '가', '도', '부터', '와', '에', '의', '을를', '은는' 같은 조사들에 주목하고 있고, 「전리」에서는 "은 는 을 한참 바라본다//는 우는 것 같다/는 웃는 것 같다"라는 진술처럼 보조사의 존재성에 대해 사유한다. 시인에게 '언어/말'은 문장이나 진술 단위로 사유되기도 하지만, 원론적으로는 원자와 분자, 무엇보다도 '언어-기계'를 구성하는 '부품(부속품)'으로 인식되는 듯하다. "이런 날은 은 대신 는을 사서 천천히 씹어야겠어"(「로씨」)나 "핀셋으로 문장을 꼭 누르면서 그가 사랑한 사람이라는 구절에 '가'를 빼고 '를'을 붙여 본다 순간 오전 3시가 오후 3시로 바뀐다"(「를」) 같은 진술은 이러한 감각에서 탄생한 것들이다.

　인용 시를 보자. 텍스트 바깥에서 "멀리"는 부사로 취급된다. '부사로 취급된다'는 말은 그것의 사용 여부를 규정하는 규칙, 위치 등이 문법적으로 결정되어 있다는 뜻이다. 그런데 시인은 "멀리"에 목적격 조사 "를"을 붙여서 그것을 구체적인 사물/대상처럼 취급한다. 이러한 브리콜라주(bricolage)적인 조어법을 경유함으로써 "멀리"는 "멀리를 키워보고 싶다 애완견처럼/자주 쓰다듬고 싶다"처럼 물질적 존재인 것처럼 간주된다. "멀리"는 이제 키울 수 있고 쓰다듬을 수 있는 어떤 것이 된다. 그런데 이 시에서 드러나듯이 '언어/말'을 통해 시인이 궁극적으로 도달하려는 곳은 기호적 차이가 아니다. "누구나 밥 먹듯 멀리 더 멀리를 연발하지만 정작 멀리를/가까이 두는 사람은 없다", "멀리는 가까이의 말을 듣지 않고/가까이 어디에도 멀리는 없다" 같은 진술이 보여 주듯이 시인은 "멀리"라는 부사를 목적어에 해당하는 구체적 사물/대상으로 변환하는 수준에서 멈추지 않고 그것을 '멂-가까움'의 이항적 관계와 겹쳐 놓음으로써 새로운 인식론을 발명한다. 이처럼 단편적인 '언어/말'을 원래의 배치에서 끄집어내어 새로운 배치에 집어넣고, 그 과정을 통해 상식적인 의미와 맥락에서 벗어난 낯선 기호, 즉 '언어/말'을 의미의 이항 대립이라는 또 다른 배치에 포함시킴으로써 시인의 이율배반적인 언어, 그러니까 가깝게 느껴지는 "멀리"라는 말이나 멀게 느껴지는 '가깝다'라는 말 같은 '언어/말'을 얻는다. 이 후자의 '언어/말'이 일상어와 무관한 것은 당연한 일이고, 심지어 그것은 모순적인 의미를 동시에 함축함으로써 '의미'를 전달하는 기능도 수행하지 못하게 된다.

파도를 말하며 바람을 생각, 다시

파도를 말하며 파도 생각, 다시

파도를 말하며 파와 도 사이 무한히 멀어짐, 반복

파와 도 사이의 높이에 대해, 다시

파와 도 사이의 집중에 대해, 다시

물속의 잔해들, 무력하게 말하기, 침묵이 침묵을 뱉어 냄,
반복

생각하지 말 것 생각하면서 손을 잡고 놓친 채 섬, 섬, 섬

파도 내용에 대해 결정권 없음

이빨이 자라나는 해변은 모래로 덮음, 다시

응시할 것, 눈알을 빼고 응시할 것

눈알을 말하며 파도를 떠올리지 말 것, 다시 다시

중얼거리고

중얼거림을 중얼거리지 말기 반복,

　　　　　　　　　　　　—「파도에 대해 실패하기」 전문

　시인은 '언어/말'을 사유하는 존재이나 언어학자는 아니
다. '언어'에 대한 시인과 언어학자의 관심이 다르듯이 '언
어'에 대한 사유를 통해 그들이 도달하려는 도착점 또한 동
일하지 않다. 권주열의 시에서 '언어/말'은 말 그대로 하나
의 문제, 절대적으로 중요한 문제이지만, 그것은 언어학의

관심사인 기표의 차이로 환원되지 않고 사물/대상에 대한 인식, 나아가 존재의 문제로 계속 확장된다. 중요한 것은 이 확장의 지속성이며, 그것을 위해서는 '반복'이 필연적으로 요구된다. 「파도에 대해 실패하기」가 전형적이다. 이 시에서 화자의 행위는 '말하기'와 '생각하기'로 양분된다. "파도를 말하며 바람을 생각"한다는 진술에서 확인되듯이 시인은 '말하기'와 '생각하기'를 의도적으로 불일치시킴으로써 '파도'라는 언어를 언어학의 공준에서 이탈시킨다. 이것은 시의 '언어'가 언어학의 질서를 따르지 않는다는 '위반' 선언이다. 이 선언으로 인해서 화자는 '파도'를 말하면서 "파와 도 사이 무한히 멀어짐, 반복/파와 도 사이의 높이에 대해, 다시/파와 도 사이의 집중에 대해, 다시" 등을 발화할 수 있다. 1행에서 5행까지 '파도'는 반복적으로 말해지는 과정에서 "파와 도 사이"처럼 원래의 의미, 형태 등을 상실하고 음악의 악음(樂音)으로 바뀐다. 시인이 그때마다 진술의 끄트머리에 "다시"라는 단어를 배치하고 있음에 주의하자. 여기에서 "다시"는 '반복'의 기호이다. 그리고 그 반복은 동일한 것, 이를테면 동일한 단어나 문장 등의 반복이 아니라 '파도'와 '바람' 같은 것들에 대한 새로운 접근일 것이다. 시인은 이 반복을 통해 '파도'에서 출발하여 "파와 도 사이"에 도달하게 되는데, 이런 일체의 과정이 이번 시집에서 목격되는 시인의 창작 방법론이기도 하다. 2연 이하의 진술들은 한층 중요하다. 여기에서 시인은 '파도'가 아니라 "물속의 잔해들"을 떠올리고 있으며, "무력하게 말하기"나 "생각

103

하지 말 것 생각하면서 손을 잡고 놓친 채 섬, 섬, 섬"처럼 시인의 주체성을 말소하는 태도를 취하고 있다. 2연에서의 "생각하지 말 것"이나 3연에서의 "파도 내용에 대해 결정권 없음" 같은 진술은 이 시가 주어/주체의 발화가 아니라 타자의 말임을 증언한다. 시인은 어떻게 타자의 말을 할 수 있는가? 그 방법의 하나는 주어/주체의 목소리를 침묵하게 하고 자신의 감각을 세계를 향해 개방하는 것, 그럼으로써 주어/주체의 목소리가 억압하고 있던 '언어/말'이 시인에게 도래하도록 하는 것이다. 존 케이지의 음악이나 블랑쇼의 타자의 언어가 대표적인 사례들이다. 물론 이러한 타자의 언어가 도래하기 위해서는 무력하게 말하고 생각하지 않아야 하며, 나아가 '침묵'을 견뎌야 한다. 주어/주체는 지금까지 너무 수다스러웠는지도 모른다. 주어/주체로서의 시인은 '말하기'에 최선을 다해 왔으나, 정작 말하는 동안은 그는 아무것도 듣지 못했다. "가물가물 배들이 떠 있었고 그게 다 사라져 버리고 난 뒤에야//비로소 환하게 드러나던 눈"(「수평선 0.01」)의 경험처럼 시각적 경험에는 이미-항상 '맹목(盲目)'의 지점이 존재할 수밖에 없으니 때로는 시각을 붙잡던 대상들이 모두 사라진 후에야 비로소 보이는 것들도 있다. 사람들은 시가 시인의 '언어/말'이라는 사실에 손쉽게 동의했으나, 바로 그 동의로 인해 시인은 세계의 소리에 귀 기울이는 능력을 상실했다. 이 시는 "무력하게 말하기"를 통해 시인이 '언어/말'의 주체가 아니라 세계의, 타자의 '언어/말'을 듣는, 받아쓰는 존재라는 사실을 환기한다.

실패한다는 것, 그것은 타자의 '언어/말'로 이야기하는 방식일 것이다.

3.

해변이다, 무엇이 되기 전 육신도 생략, 목소리도 죽이고 유유자적 바다 한가롭게 눈부신 파도 위로 아무것도 단정할 수 없어, 꼬리를 달지 않은 구름은 큼직하게 두상만 둥둥 떠다녀, 이다가 오면 구름이고 이다가 몰려오기 전에 아무도 구름, 섬 너무

어두워서 안 보여, 문장 한 바퀴 찬찬히 둘러봐도 없다. 저기 어렴풋한 게 서서히 지워진다. 물안개 탓만 할 수 없다. 이다가 없으면 저걸 등대라 부르고 배라고 우기는 사람도 있다, 흔한 일이다 언제나 뒤에 바짝 붙어 있다가 안개가 걷히고 나면 다 드러나, 하지만 간혹 안개가 다 사라져도 텅 빈 파도 소리만 날 때가 있다, 이다가 녹은 거다, 섬도 없이 홀로 방치된

꽃의 구조

—「이다의 가능성」 전문

권주열의 시는 '언어/말'이 '우연'이나 '모호성'과 함께 도래할 때 가장 빛난다. 우연이란 무엇일까? 그것은 주어/주

체의 의지 바깥에서 무의미/무질서하게 모였다 흩어지기를 반복하는 풍경이고, 그 풍경의 구성 요소들이 일정한 목적이나 인간/주체의 시각의 지배를 벗어나 "그대로의 윤리"(「점유」)로 나타나는 순간이다. "해변과 신발과 갈매기가 서로 무관하게 모여들 때 모래알은 우연의 입자로 소복하다"(「해변의 가능성」)라는 진술처럼 시인은 '해변'을 우연의 세계, 가능성의 장소로 포착한다. "우연히, 그것은 세계의 가장 오래된 고귀함이고, 나는 그것을 모든 것들에게 되돌려 주었고, 나는 그것을 목적의 노예 상태로부터 해방시켜 주었다"라는 짜라투스트라의 말처럼 우연을 긍정한다는 것은 곧 '목적'의 세계에서 벗어난다는 것을 의미한다. 주어/주체를 내려놓은 시인의 시선에는 해변 풍경이 사물의 우연적인 조합으로 보인다. 이 시에서 '가능성'은 "아무것도 단정할 수 없"다는 점에서 잠재성의 상태이기도 하다. 이처럼 세상을 가능성의 시선으로 바라보면 단정 또는 확정적인 모든 것은 사실 어떤 것이 끊임없이 변화하다가 잠시 멈춘 순간/상태에 불과하다. 시인이 시집 전체를 통해 '지금'과 '그때', '기억'과 '망각'(「개를 쓰다듬는 시간」), '접힘'과 '펼쳐짐'(「분꽃」), '존재'와 '흔적'(「광어」), '있음'과 '없음'(「발효」) 같은 이항적 관계를 제시하고, 그것들의 분리 불가능한 지점, 즉 '사이-존재'에 주목하고 있는 까닭도 이러한 '가능성'의 맥락에서 이해되어야 한다. 단적으로 말해서 '있음'과 '없음'은 단정적인 세계이다. 반면 시인은 "사이"(「새들이 돌아오는 시간」)나 "빈 말간"(「말간」)처럼 두 세계의 '사이'를 집요하게 응시한다.

　서술격 조사 '이다'는 어떤 것을 고정적인 것으로 만드는 일종의 포획 장치이다. 동시에 그것은 안정감을 부여하는 질서의 장치이기도 하다. 모든 이행 중인 것에 '이다'가 부여되는 즉시 그것은 이행의 능력을 상실하고 견고한 상태가 된다. 그런 까닭에 '이다'에 가능성이 존재한다면 그것은 불확정적인 상태에 안정성을 제공하는 것 이상일 수 없다. 하지만 세상 모든 것들이 완전한 안정 상태라면, 그리하여 변화/변신의 가능성이 존재하지 않는다면, 그때 시인은 한낱 풍경을 재현하는 기술자 이상일 수 없다. 그래서일까? 시인은 인용 시에서 의도적으로 '이다'라는 조사는 물론 유사한 기능을 지닌 마침표를 거의 사용하지 않는다. "이다가 오면 구름이고 이다가 몰려오기 전에 아무도 구름, 섬 너무"라는 진술은 '이다'가 도래하기 이전과 이후의 세계를 예시하고 있거니와, 그것은 "아무도 구름"이 "구름"이 되는 것이다. 마찬가지로 "이다가 없으면 저걸 등대라 부르고 배라고 우기는 사람도 있다, 흔한 일이다"라는 진술은 '이다'가 부재하는 상태에서는 "어렴풋한" 것이 '등대'가 되기도 하고 '배'가 되기도 한다. 그것들은 "분별되지 않고 범람하는 것들"(「두 번째 수평선」)이라는 맥락에서 이해되어야 한다. 이러한 진술에서 시인의 근본적인 관심은 '언어/말'에 있겠으나, 권주열의 시가 '시적인 것'을 아름답게 드러내는 순간은 대개 '이다'가 도래하기 이전의 풍경들이다. 이것이 '안개'라는 제재가 지닌 매력의 본질이다.

침묵이 흐른다 끊임없이 말을 하면서 한마디도 말해지지 않고 있다 왼발이 없는 목소리, 말의 바깥에 왼발을 디딘 채 저는 발, 오른발은 정확한 말을 한다 말소리가 또렷하고 카랑하다 카랑한 말이 지나고 다음 차례 왼발을 들자 보폭이 어눌하다 무슨 말인지 간격이 사라지고 없다 헐렁한 발을 들고 그다음 말이 떠오르지 않아 말을 어디에 놓을지, 포기하지 않고 포기하는 걸음, 걸음이 많을수록 입안 가득 웅얼거리는 발 발바닥이 귀처럼 예민해진다 오른쪽 반대의 오른쪽으로 오른발에 종속된 왼발, 질문이 가득한데 어떤 질문도 불필요한 발 말을 박탈당한 말처럼 오른발에 붙들려 균형을 잃고 휘청인다, 발과 발 사이가 까마득하다

―「저는 발」 전문

권주열의 시는 '언어'와 '인식'의 힘을 통해 세계의 불확정성을 증폭시킨다. 그의 시는 견고한 것처럼 보이는 일상적 세계에 끊임없이 불안정성을 도입하는데, 이것은 모든 예술의 공통적인 지향이기도 하다. 동일한 것이 매일 반복되는 일상의 세계, 우리가 사용하는 산문적인 '언어/말', 사물과 대상에 대한 시각적 경험 등은 살아 있는 '감각'이나 '인식'의 세계가 아니다. 우리는 매일 매 순간 반복 불가능한 낯선 상태를 경험하지만, 경험의 구체적 실상은 신체의 감각적 지도와 언어의 질서를 거치면서 익숙한 것으로 바뀐다. 우리가 지닌 언어와 신체는 경험이 발생하는 능력의 장소이지만 동시에 그것은 언어화, 신체화될 수 없는 경험

들을 무(無), 즉 '없는 것'으로 간주한다는 점에서 무능력의 장소이기도 하다. 정확히, 예술은 이 무(無)에 대한 반론이다. 생각해 보면 우리가 누리는 일상의 견고함이란 결국 이러한 배제의 산물이라고 말할 수 있으니, 시인은 '언어'와 '인식'을 통해 상식/일상이 배제해 버린 무(無)를 향해 역진(逆進)하는 존재이다. 이 역진이 일상의 견고함을 떠받치고 있는 '언어'와 '인식'을 뒤흔드는 것, 이른바 세계에 불안정성을 도입하는 것에서 출발하는 것은 필연적이다. 시인은 안정적인 세계를 보면서도 그 너머, 혹은 이면을 응시하는 존재이다. 그는 존재가 아닌 부재, 혹은 흔적을 좇는 자이고, 빛보다는 어둠과 그늘에 시선을 드리우는 존재이다. 회화에 비유하자면, 무엇보다도 시인은 지우는 존재이다. 그는 기성의 질서를 지우는 존재이고, 지우는 방식을 통해서만 그리는 존재이다. 권주열의 시는 '언어/말'에 대한 사유를 극한까지 밀고 나감으로써 우리를 "감춰진 세계의 입구"(「회절」)로 데려간다. 그곳에서 우리를 기다리는 것은 "사라지면서 사라지지 않고 사라지는 모든 새"(「새들이 돌아오는 시간」), "젖지 않은 발의 흔적에 젖은"(「휠체어 위의 남자」), "질문은 질문된 것을 기각하고 있다"(「⅜」) 같은 '오리무중'(「오리-토끼」)의 '언어/말'이다. 이 '언어/말'이 의미와 언어 규칙으로 환원되지 않는 반(反)언어임은 이미 설명한 그대로이다.

　권주열의 시는 '말'의 세계이다. 거기에서 '사막'은 "쏟아 낸 말에 비해 말의 증발량이 훨씬 많은"(「광어」) 장소이고, '구름'은 "미처 비가 되기 전의 한없는 중얼거림을 공

명"하는 "떠 있는 혀"이다(「두 번째 수평선」). "가슴 위에 고요
히 결박된"(「수화를 하던 사람」) 죽은 사람의 '손'도 '말'이고, 무
심코 내딛는 발걸음도 발의 '말'이다. 그런데 시인의 오른발
은 "정확한 말"을 하는 반면 왼발은 그렇지 못하다. 그의 왼
발은 "말의 바깥"을 디딘 채 "저는 발"이다. 사정이 이러하
므로 오른발과 왼발이 교대되는 발걸음에 문제가 있을 수
밖에 없다. 시인은 이 상황을 "헐렁한 발을 들고 그다음 말
이 떠오르지 않아 말을 어디에 놓을지, 포기하지 않고 포기
하는 걸음"이라고 표현하고 있다. 이것은 '언어/말'에 대한
인식과 실존의 문제를 결합시킨 것이며, '발걸음=말'이라는
등식에 기초하여 말하자면 시 쓰기에 대한 메타 진술로 읽
을 수도 있다. 다만 "말의 바깥"을 디디고 있는 왼발을 "정
확한 말"을 하는 오른발에 종속된 것으로 해석하지 않는다
는 전제 하에서. 앞에서 우리는 반(反)언어에 관해 이야기
한 적이 있다. 시를 반(反)언어라고 말할 때, 혹은 언어 너
머의 언어라고 이야기할 때, 시를 구성하는 일체의 언어가
'언어 규칙'의 바깥에 속하는 것은 아니다. 그러한 방식의
시 쓰기가 불가능하지는 않겠지만 그것은 '읽을 수 없는 텍
스트'가 될 뿐이다. 따라서 모든 시는 '바깥'의 언어와 (이런
표현이 가능하다면) '안'의 언어의 결합으로 직조되기 마련
인데, 이런 시어의 속성은 시인이 이야기하는 오른발과 왼
발의 연쇄, 정확한 말과 웅얼거리는 말, 또렷하고 카랑카랑
한 말소리와 침묵의 결합과 흡사하다. 한 작품에서 시인은
"시는 여전히 안 보이는 그 너머에 걸려 있"(「지흔」)다고 말

하고 있지만 어쩌면 '시적인 것'은 "발과 발 사이가 까마득하다"라고 고백할 때의 그 사이, 즉 '까마득함'에서 시작되는 것인지도 모른다. 그것은 까마득하지만, 그렇기 때문에 오른발과 왼발 가운데 어느 한 발로 환원되지 않고 시인이 우연히 발견한 '불'처럼 "아주 잠시 켜졌다 꺼"(「지흔」)지는 것이 아닐까.